KB260829

김홍준 시집

우리의 다정한 긴 입맞춤이 끝날 때까지

지구문학

늦깎이로 간신히 신인 막차를 탔다는 생각이 든다.

그것도 30여 년 전에 놓쳐버린 시간 저편 언덕길에 혼자 남아서 말이다.

문득 Y대학교 국문과 P교수 밑에서 詩作 교실을 출입하던 스무살 안팎의 나의 모습이 보인다. ―처음으로 활자화되어 나온 글들을 경이로운 눈으로 바라보며 턱없이 감격하던 그 문학 조춘早春의 계절(59·60, 동아·경향) 그리고 나―. 지금은 중진 시인, 작가, 교수로 앞서간 그 시절 벗님네들의 얼굴도 떠오른다.

그분들이 이 설익은 과일 같은 시들을 읽어준다면 과연 무엇이라 말(평)할까. 갑자기 얼굴에 홍조가 오르고 머리조차 숙여 옷깃을 여미고 싶은 생각조차 든다.

그간 몇 번의 좌절감으로 풍타작 낭타작 애꿎은 대학원을 거쳐 멀리 이방인의 거리만을 떠돌다가 돌아온 30년만의 귀향歸鄕, 그리고 숙명의 시작詩作 노트들……, 신간 시집詩集.

이제는 미련도 체면도 없이 나만큼한 키의 시를 쓰겠다고 다짐한다.

작고 왜소한들 어떠랴. 몽드라져 올되고, 조금은 쥐눈이 콩만큼 보잘것없는 작품이 될지라도, 나는 이제 다시 좌절하지 않고 시를 쓰겠다.

열심히 쓰고, 심고, 가꾸어 나의 시가 다시 약콩으로 돋보여질 때까지 그저 정성껏 나의 시를 쓰겠다.

그리하여 끝내는 나의 시 세계에 공감해 주시는 많은 분들과 더불어 순수시의 세계로 동행하는 늦깎이 좋은 시인이 되려고 노력하겠다.

―필자

제 3 부 당신의 호수

제 4 부 은사시나무의 노래

제 7 부 단정학 날아오는 날

겨울 숲에서

네가 말하지 않아도 다 안다

지난 여름날들의 뜨거운 태양과
궂은 빗물 그리고
바람으로 와 닿은
숨결까지도

너는 항시
풀잎 싱싱한 내일로
말하곤 했지

이젠 갈색 낙엽으로 퇴색하고
그 언어들 숲 속에
잠재울 때 되었네

모든 것 받아들여도 더함이 없고
내주어도 덜함이 없는
가슴 넉넉함
그 무게를 가늠할 수 없는
겨울 숲이여

잎새를 몇 번 더 떨구어야
상처가 메워지고
아픔 마무리 지울 수 있을까

나이테를 더할수록 깊어지는
상수리나무의 흉터

새 한 마리 온종일 날아가도
닿을 수 없는 하늘 끝
겨울 숲 위에 따스한 노을이 물든다

고니
—白鳥

남한강 양회나루 바위소沼에 가자
순이야 달래 냉이 꽃다지
눈감고 움츠려 숨죽이던 날

바람결 따라 날아온
고니 하얀 백조 보러 가자

가서 묻거라
날아온 길 세월 몇 만리이더냐고
우수리 강 저편 툰드라
조선 백성 후손이 서럽게 사는
이국 땅 묵정밭 갈며 보내온
소식 묻거라

세월 겹겹이
결따라 나이테를 더하고
좋은 세월 다시 좋은 세월로 바뀌어 간다는데
징용 갔다 죽은 아비
수소문하여 무명 흰옷 입고 떠난 어미

순이야 소식 묻거라

오늘도 남한강 양회나루
찬 바람 여울목에 날아와 우는

흰옷 입은 어미 혼魂
소식 묻거라

겨울여행

겨울비 뿌리고 지나가는
낯선 도시
후쿠오카 페리 종착점

숱한 사연들을 가슴에 묻어둔 채
갈매기는 허공에
바람을 가른다

한 점 부끄럼 없이
별을 노래하며 죽어간
어느 젊은 詩人의 가슴이 이토록
시리고 썰렁했을까

마르셀 푸루스트의
잃어버린 순간의 세계를 찾아
떠나가는 겨울여행

쇼윈도에
까칠해진 얼굴로
두 볼을 부풀려 미소지어 보이며

지중해를 건너
아들리아해의 파아란 물결을 가르고

영롱한 진주들의 전설을
기웃거린다

어디에 가면
잃어버린 이름들을 찾아볼 수 있을까
자유롭고자 죽어간 영혼들을 찾아가
지난날의 서럽던 이야기들을 나눌 수 있을까

포물선으로 완숙한 원으로
자유롭게 퍼덕이며 날아 오르는
광장의 비둘기떼

벽돌담 너머로 온몸을 흔들어
손짓해 부르고 싶은
뜨거운 이름들아

낯선 도시에서
겨울비 뿌리고 지나가는
갈색 오후에는

누구라도 마주앉아
'사랑해요'라고
말해 주고 싶어진다

송화다식

송화가루 날리던
산사山寺의 솔바람
그리워 인사동 골목길
한과韓果집에 들렀네

송화다식 내밀던
때묻은 손바닥에
동그란 동녀승童女僧
노란 다식 하나

아무리 둘러보아도
어디에도 없네

바람꽃 피던 산문山門
초라한 동녀승 하나
다식 판에 찍히던
동그란 얼굴 하나

아무리 둘러봐도
어디에도 없네

아룽치 마을

뜰 아랜 깡추위 하얀
달빛 쓸어 가는 바람
아룬허阿倫河 눈강嫩江 갈대밭 지나
조선족 삼십 호 마을 초가 지붕에
눈 모래 흩뿌리고 지나간다
얼어붙은 창틀에 매달려 우는 바람
지난 날 일군日軍과 맞불질하던 넋 찾아 헤매다
제집 찾아 돌아와 하소연한다네
내몽 따싱안링大興安岺 량백오십릿길
아룽치阿束旗마을 영하 40도
주인 집 서른 살 아들 독립군 손자라던가
서툰 조선말 몇 마디 건네보고
중국식 구들(캉)에 석탄 불 지펴 준다
세 살배기 아들 떼어두고 한국에
돈 벌러 갔다는 젊은 새댁
빛 바랜 편지 봉투만큼이나 소식 감감한데
엎친 데 덮친 격이라
남의 돈 빚내어 찾아 나서러던 꿈
서울 사기꾼한테 다 내주어
빈 주먹 되었다
인민폐人民幣 량만원(한국돈 250만)이면

석삼년 벌어도 못 갚을 거금이시
목구멍 울대 넘어 치미는 분노
석탄 불만큼이나 벌겋게 타오르고
눈물도 말라 마른 입엔
봉초만 타 들어간다.

백담사 가는 길

당신의 입김
나무 가지 위에
흰 눈으로 와
내리고

당신의 눈빛
눈 빛이 무색하게
빛나던
오후

굽이굽이
백담사 가는
열두 굽이

봄 눈 녹아
바위틈 이끼 물 빛
그리운
이야기 들을 때
맑은 물
계곡에 흐름 되이
산 아래 머얼리
떠나가 버리네

일몰

해는
앙상한 가로수 가지 끝에 걸려
안간힘 하다가
꼴깍 숨넘어가고

가로등이 분단장하고
거리에 나선다

붐비는 거리엔 사람의 물결
파도쳐 밀려가는 곳도 제각기 다르겠지

멀다는 남쪽 섬 이니스프리*
아홉 두렁 밭갈고 사는 사람아
풀향기 꽃내음
꿀벌 잉잉대는 곳은 어디일까
삼십 년 찾아 헤매다 돌아왔네

행여 낯익은 얼굴
누가 여기 서 있을까만은
되돌아선 거리엔 바람만 달음질쳐 간다

건널목 신호등
저만큼 파란 불로 앞서 걸아가는데

나는 이 거리에서 방향을 잃었구나

    *이니스프리 : 윌리암 버틀러 예이츠의 詩〈호수섬 이니스프리〉에서

눈 내리는 암자에서

첩첩산중 낡은 암자
주인 없는 댓돌 위

산행山行 나그네 쭈그리고 앉아
수북히 쌓이는 함박눈 피하고 있네

고요 적막 속에 짧은 해는 이울고
아스므레 건너편 골짜기 우두둑
나무 부러지는 소리 눈 떨어지는 소리

머언 산사 저녁 예불 종소리
사바 아미타세 염불일레

피안 이승이야 일주문 하나 넘으면 이쪽 저쪽이련만
눈길에 묻혀 오도 가도 못하는 나그네
오늘 밤 묵을 일이 큰 걱정이네

청솔모에게

겨울바람이 뒷뜰 작은 숲으로
담음질쳐 온다
밤마다 상수리 나무가지들 뒤흔들며
뜀박질쳐 온다
달그림자 몸서리치는 잡목들 사이로 숨어들고
삭정이 높새바람 추위 속에 끊어져 내릴 때
검회색 청솔모 한 마리
너는 나의 지붕 용마루 위에 뛰어 올라
춤추고 논다는 것을
나는 나만의 비밀로
너와의 밤을 기다린다
내 지친 몸을 자리에 누이고
숨죽여 귀 기울이면
쩌엉 얼어붙은 강물 죄어 우는 소리
바람은 다시 묵정밭 수숫대
마른 잎 사이로 빠져 나와
퇴락한 기왓장 추녀끝에 신음할 때
사르륵 사르륵 청솔모
긴 치마자락 스치고 끄는 소리
잽싸게 몇번 종종걸음 치고
간간이 숨죽여 인기척 듣는 것을

나는 또 나만의 비밀로
너를 느낀다
겨울 나무 끝에서
겨울 나무가지 끝으로
훨훨 날아 뛰어온 너
나는 나의 모든 것을 주고 싶다
마음 모두 열어 보여주고 싶다
두 팔을 벌려 온몸을 열어
보듬어 안고 싶다
높고 파아란 하늘을 바라보는 내일
햇살이 부셔 눈이 멀지라도…….

안개비

나 이 잔에
아름다운 추억이
가득히 채워지길 바라네

창밖에 안개비
자욱히 뿌리고
그 님은 옷깃을 세운 채
가로등 밑을 말없이 서성이다가
머물지 못하고 안개비로
떠나가는 낯선 도시都市

나 지금
이 텅빈 창가에
누군가 말없이 다가와
장미빛 한 잔의 술과
슬픔의 비안개 뿌리고 지나가는
이야기들을
지난날 우수憂愁의 이야기들을
이 잔에 가득히 채워 주길 원하네

어느 한 세월

아름답던 그녀의 모습일랑
저만큼
가로등 깜박이는 거리만큼이나
유리창 너머로
연민의 물안개
비 젖은 머리카락 눈물로
흘러만 내리는데

지난날의 아름다운 추억일랑
그 가슴 아픈 추억일랑
이 빈 잔에 아낌없이
가득히 채워지길 바라네

— 도쿄 긴자 카페에서

제 2 부
안개 숲

버들강아지

입춘이라 하지만
바람은 아직도
맵고 차네

뼈저린 시려움
맑은 물 흐르는
실 냇가

버들강아지
얼음물 속에 발 담그고
빙어랑 은어랑 함께
노니네

안개 숲

비엔나 숲속의 이야기가 아니라
해도 좋다
요한 스트라우스의 봄의 소리나
푸른 다뉴브강의 왈츠가 아니라 해도
더욱 좋다
여기, 남한강 상류의 고향땅
갈색 숲이 안개에 젖어 있고
촉촉한 아침의 촉각이 깨어 일어나
기분 좋은 기지개를 켜는 곳
몇권의 신간 시집을 뒤적이고
몇편의 시詩를 쓸 수 있다는 기쁨이
지극한 행복으로 다가서는 곳
커피잔을 들고 서성이는 발길에
얼핏 들려오는 아침 뉴스는
김포공항 가시거리可視距離 30m라고
LA에서 오는 항공편이 제주도로 회항했다고
모두다 좋은 소식이지 좋은 소식이지
그 비행기에 제주도를 못본 사람
얼마나 좋은 행운의 안개인가
모든 것 생각 나름이지

백낙천白樂天 말하기를
몸과 마음 다 놓아 버린 다음에
눈감고 절로 되는 대로 맡기는 게 제일이라 했는데
누군가는 채근담菜根譚에서
새는 바람을 타고 날건만 바람 있음을
모른다 했는데
나에게도 평범한 행복이 도처에 있음을
왜 이리 늦게 깨닫게 되었던가
나의 작은 안개 숲이여
내 사랑하는 마음의 쉼터에
오늘도 평화 있으라
여기에 사는 순한 짐승들
숲에 날아오는 작은 새들아
평화 있으라
이 숲에 평화 있으라

삼월 삼진날

삼월 삼진날
바람꽃이 이네

설렁이며
내 가슴에도 이네

유채꽃
무리져 흔들리고
봄 바람 쓰러질 듯
누울 때

나도야 누울까
유채꽃 이불 속에 들어
님 보듬어 안고
누울까

먹구름 몰려 와
비라도 후두둑 뿌리면
이 가슴 후두둑

산수유 피는 골짜기
님 찾아 떠나갈까

안개

너도 없고
나도 없는
유현幽玄의 세계

무한 무념
안개의 강이 흐른다

끝없이 흘러
의식意識의 저편으로
몰려 가면

어디쯤 가서
너를 만날 수 있을까

무한 무념
유현의 세계
두둥실 나도야 흘러 간다

뜬 구름
한 세상 두둥실
나도야
흘러 간다

오월의 녹음 잔치

I

오월의 녹음은
화려한 잔치

낮에는 조롱새 꾀꼬리
날아와 노래하고

밤에는 뒷산에 소쩍새 우는
남한강 언저리 상수리나무 숲 속

내 정원엔 어느새
장미꽃 넝쿨이 한 데 어우러져
온통 붉은 꽃잔치를 열었네

나는 이 오월 녹음 잔치에
소중한 당신을 초대하리라

II

겨우내 움츠리고 그리워하던

나의 꽃님, 나의 님아

여기 정오의 햇살 아래
내게 다가와 다소곳이 서 보셔요
연록색 잎새와 화사한 미소가
잘도 어울리겠네

옷소매도 조금 걷어올려 입으시고
창포꽃 반겨 맞아주는 샘가로 나오셔요

소리채 고사리 곰취 장다리
산채들 물에 담가 긴 해거리 하노라면

하마 오신다던 손님 물 건너 오시려나
사뿐히 걸어 문 앞에 드시려나

　　　Ⅲ

오월의 신록 아래 차일을 넓게 치고
한껏 운치 있는 저녁상을 차려놓아 주셔요

아하! 크리스탈 유리잔도 내어 오너라
얼음보다 맑고 투명한 음으로
쟁강 쟁강 여름이 오는 소리 들어 보리라

온갖 도시의 소요는
잊은 지 오래라 해도 좋겠지

나는 그냥 당신만 여기 있어 주고
바라만 보아도 풍요로운 오월의 녹음 잔치

나는 이 시간 마냥 행복해
이 귀한 오월의 날들을
이 세상 아무것과도 바꿀 수가 없겠네

바람꽃 아가씨

꽃샘 추위의 바람이 분다
온 하늘 뽀얗게 바람꽃 일면
봄 아가씨 옷깃 날리며
걸어 오신다
아지랑이 앞세워 걸어 오신다
산너머 꽃동네의 꽃소식 안고
진달래 꽃술 한잔 받아 마시고
봄기운에 취하여 다가 오시면
물오른 수양버들 흐느적거리며
봄아가씨 목에 감겨 입맞추자 하고
잔디밭에 풀씨 꽃씨 꼬물꼬물
흙이불 속에서 젖가슴 만지자고
봄 아가씨 옷섶 들추며 장난질 칠 때
봄 아가씨 어느새 성숙한 여인 되어
나뭇가지 봄눈 씨앗 트게 했다
사랑의 꽃 망울 눈 뜨게 했다

사랑은 계절을 따라

사랑은
계절을 따라 자라나는
나무와 같습니다

봄날 따스한 햇살과
볼을 비벼대는 엷은 잎새들
가볍게 흔들어 주는 바람결에도
나무는 하얗게 웃으며
행복해 합니다

그러나 먹구름 몰려와
미친 소낙비로 쏟아지고
세찬 바람 몰아쳐 불어올 때
나무는 가지째 찢어지고
몸부림쳐 괴로워 합니다

낙엽
그 참담한 슬픔의 계절
나무는 모든 언어들을 죽이고 이별의
아픔을 참아가야 하지요

당신은 겨울날
바람부는 언덕에 홀로 서 보신 일 있나요
해지는 들녘
홀로 서서 우는 겨울나무의 고독을

그러나 어두운 겨울밤을
두려워하지 마세요
이미 겨울이 깊었으니
봄이 멀지 않았습니다

그리고 잊지 마세요
따스한 햇볕만 내리쪼이는 땅엔
풀도 나무도 자랄 수 없고
꽃 한 송이 피어날 수 없는
사막이 되어 버린다는 사실을

목신木神의 아침

맑은 아침

은빛 햇살이
창앞에 쏟아지네

문밖에 가득히
새들의 소리

은방울 돌돌
흐르는 물소리

얼음장 밑 깊은 곳에서
대지의 영혼이 숨쉬고

겨우내 잠자던
숲의 요정妖精들

살녀시 잔니 위에
예쁜 손가락을 내미네

은밀한 곳에 뿌리 박은

벗은 나무의 숨결도
풋풋이 달아 올라 물이 도는데

까치야, 산새들
다람쥐 굼벵이들아

비밀스러운 몸짓으로
이브의 생명을 잉태하는가

지금
봄은 깊숙히 생산을 고뇌하는
욕정의 계절

생명을 탄생케 하는
아픔(産苦)의 계절이다

꽃소식
―개나리 진달래 꽃소식을 손성목 님께

Ⅰ

재잘 재잘 재잘
새 새 새

재잘 재잘 재잘
새 새 새

새떼들이 한바탕
수다들을 떨고 가더니

수만개의 노란 꽃이
휘드러져 피었구나

올봄 꽃소식은 엊그제사 들었다만
성큼 사월달이 창앞에 다가섰네

Ⅱ

내일은 비―
바람도 설렌다는데

와보지도 못하시고
돌아서실 님이신가

앞산 진달래도
손짓하여 부른다만

봄비 세찬 바람에
꽃잎 질까 걱정이네

벗님네야
꽃바람 봄비 좀 맞고 오신들
아니 좋으시겠소

　　　Ⅲ

바람에 꽃잎 지면
대쟁반에 담아놓고

옆집에 누룩빌어
두견주杜鵑酒나 담가두소

행여나 님 오시거든
항아리채 내어놓고

표주박 띄워두고
권주가나 불러 봄세

벗님네 대금 불고
손님네는 시작詩作이라

권커니 자커니 봄흥이 도도할제
강물에 꽃소식 띄워 나에게도 전하소

제 3 부
당신의 호수

나무
―비 오는 날에

비 오는 날
온 몸이 젖어
유연히 춤추는 나무

젊은 나무는
꿈꾸듯
먼 곳을 향해 손짓한다

바람아 비 오는 날엔
끝없는 벌판으로 가 보아라

나의 꿈 날려가
붉은 욕망 새싹 틔우고
두 손으로 얼굴 가려
아픈 부끄러움을 감추는 곳

나무는
한동안 젖은 눈으로
먼 곳을 바라보다가

슬픔을 털어 날아간 철새들의

길을 물어보곤

당신에게로 뛰어가고 싶은 욕망에
목이 메어

쓰러질 듯
몸부림친다

증편

늦장마가 물러간 저녁나절
백화점 지하 식품점에서
증편 한 조각 사들고 벤치에
나 앉았다
백화점 앞 느티나무는
선대의 전설을 까맣게 잊은 채
도시로 이사와 시원한
그늘을 드리우고 있지만
동구 밖 매미 잡던 하동河童
증편 한 조각 펴 들고
지난날 여름 속으로 달려간다
어머니는 쌀을 담가 절구로 찧으시고
고운 체로 쳐서 하얀 떡가루를 내리셨지
질자베기에 막걸리 물 반죽으로
아랫목에 부풀려 띄우시고
노구솥에 시루뻔 내려
삼베 보자기에 부으셨다
장독대 맨드라미 잎새 따다
고운 체로 썰어 뿌리시고
표고버섯 대추 참깨 그득히 얹어
마른 보릿대로 후득후득 쪄내 오셨지

한 입 베어 무니 입안 가득히
여름이 들어와 앉는구나
서산 마루에 원추리꽃 노을이 지고
느티나무 아래로 저녁 연기 깔리면
어머니는 오늘도 호박꽃 초롱불 켜시고
울 밖에 길게 내 이름 부르신다

도깨비 꿈

내 어릴 적 고향 복하천福河川엔
항시 맑은 물이 흘러 내렸지
동구안 아낙네들 물동이 이고
이 냇물 여다 먹었네
쪽박이 둥둥 당기 당기 물동이 안에서 장단 맞추면
육집 푸짐한 재실댁 삼베 적삼 다 적셨지
동백머리 똬리 위로 맑은 물 넘쳐 흘러 내려
시원한 한 여름이 오동잎 하늘을 덮었고……
하동河童들 제 철 만나
물장구 치고 피라미 잡고
참외 서리 수박 서리에
고추잠자리 좇아 한낮 땡볕을
뛰어 다녔네
서산 마루에 뉘엿뉘엿 해 떨어지면
동구 안에 매캐한 모깃불 연기
불씨 뒤척여 풋옥수수 구워 먹으며
멍석 매는 어른들 졸라 옛날 이야기 들었다네
냇둑 건너 버들 숲은 어둠 속에 도깨비 나라
혼불이 훨훨 솟아 여사윗* 벌로 스며들면
오금이 저려 잠든 개구쟁이
영락없이 꿈 속에서 도깨비와 씨름했지

왼쪽 어깨 너머로 메어꽂고 오줌을 갈기면
도깨비는 풀이 죽어 몽달빗자루 된다더라
오줌 한 번 시원하게 갈겨 버렸네
동구밖에 비움한 먼동이 터 오면
앞산 뻐꾸기 울음 소리
해맑은 낮달은 버들 숲으로 숨어들고
선잠 깬 개구쟁이
키 쓰고 소금 얻어 오라
대문 밖 골목길에 내몰렸다네

매미

Ⅰ

카자흐스탄 알마타 얄루에비예코 거리엔
높이를 알 수 없는 수림樹林이 끝없이 펼쳐진다
맴 맴 매앰 쏴아
귀청을 찢어대는 매미소리 와아
깃발들의 아우성 푸른 잎새들의 합창인가
타글라마칸사막 넘어 불어오는 뜨거운 바람아
머언 남쪽 천산산맥 만년설 칠천미터 연봉 뛰어 넘어
이자크 호수 큰 바다 물결 헤치고 오라
이자크 호수 큰 파도 출렁이며 오라

Ⅱ

맴 맴 매미 영혼 석돌 매미는
김좌진 장군 밑에서 싸운 독립군 용사라네
일군日軍에 쫓겨 이르크스크 이만 땅에 들어섰을 때
볼세비키 홍군紅軍에 무장 해제되어
연해주에서 한때 밭갈이 하며 살았소
고국 하늘 바라보고 허리 한 번 펴 보고 매미소리 들었지
죽어서 매미로 환생하면 고향 땅에 날아갈 수 있으련만
맴 맴 매앰 1937년 8월
연해주 조선족 19만 흰 옷 입은 백성들이

카자흐스탄 6천 킬로 강제 아주 오던 날
일군에 맞은 총상이 도져 낯선 땅에 누웠소
황무지에 괭이 날 한 번 꽂아 보지 못하고 흙이 되었소

Ⅲ

맴 맴 매앰 독립군 석돌 매미
떨리는 희열로 환생하여 처음 본 세상
대지의 체온으로 풀 끝엔 이슬이 맺혀 있고
동틀 녘 여명 햇살
참 아름다운 세상 이슬 방울 속에 다 들어 있었다
맴 맴 석돌매미 이슬 한 방울 따 먹고
온 힘을 다하여 나무 위에 올랐다
맴 맴 매앰
단 열 나흘 간 지상의 노래 부르려
칠년 긴 세월 흙 속에서 몇번 윤회하였나
백계 러시아 아씨들의 슬픈 노래도
낙엽으로 떨어져 자작나무 숲속에 흙이 되어 갔고
볼셰비키 혁명과 레닌 광장의 불길도
시베리아 벌판에 재가 되어 날아가 버렸네
세월은 무상하지 매앰 맴
맴돌아 다시 서 있어도 무상하지

Ⅳ

세월이 너무 흘러 이젠 고향도 고향 말도 다 잊어 버렸소
황금 빛 빛살은 나무 잎에 출렁이고
달콤한 수액樹液은 오늘의 살아가는
기쁨으로 족하지 아니 하오
사랑의 노래야
마음껏 푸른 하늘에 흰 구름으로 띄우자
맴 맴 매앰
지난 세월 파문 속에 내 노래의 무늬
나의 노래 기억하고 내게로 오는 어여쁜 아씨야
검은 머리 댕기 풀어 오색 구름
사랑 나누고 오늘은 또 오늘대로 창공을 날아 가자
먹구름 천둥너머 세찬 빗줄기에
부러지고 찢긴 날개
다시 천년이 더 고통스러울지라도
맴 맴 매앰 귓속에 맴도는 매미 소리
오늘도 사랑 노래
알마타 얄루에비예코 가로수 수림 위에서
푸른 물이 뚝뚝 듣는 여름 노래를 부른다

*이 詩는 fiction일 수도 있음

54

당신의 호수

실바람
파문에도
놀라 날아 오르는
물잠자리

창포 그림자
하늘하늘
일렁이는
수채화 속

레몬구름 한 조각
찻잔에 띄워
당신에게로
보냅니다

구로 공단 오누이별

눈 감으면 별이 그득히 뜨는 고향 마을
푸른 밤 푸른 늪이 보인다

이무기, 무자수, 지네, 그리마……
다족동물로 빠르게 지나가는
마지막 지하철 밤 열차 안
구로 공단 오누이들 땀에 젖어
맥없이 졸면서 돌아간다
둘둘둘둘 다음 역에서 오누이 둘 내리면
둘둘둘 이름 모를 벌레 하나 삼키고
둘둘둘 다음 역에서 다시 잠에 빠져들면
마냥 꿈으로만 밀려가는 남도 고향
우리 집 앞마당
주름진 홀어머니 중학교에 다니는
남동생 등록금 보태 쓰시랴
해돋으면 농협 구판장에 내어가실
햇마늘 한 접 엮으신다
한 접 두 접 세 접 네 접
침침한 눈 비비시고 또 한 번 세어 보시고
어린 남동생 초롱눈 밝혀
밤하늘 한 번 올려다 보면

구로 공단 오누이별 머언 하늘가에서
젖은 실눈 별빛으로 보다가
별똥 눈물 하나 떨어뜨린다.

구름 길

고추 잠자리 나는
푸른 하늘 끝
비늘 무늬 구름 길 따라가 보면

하얀 망초 가즈런히 웃으며 반기는
옛 시절 동구밖에 와 서 있다

꿈 길에서나 몇번 다녀 오던
옛날 그 집터

어머니도 생전에 거기 계시고
온 식구들 어릴 적 그대로

장독대 옆 봉숭아 꽃잎 따다
새끼 손톱에 감아주는 누님 모습

원추리꽃 노을길 되짚어 돌아서자니
저녁 연기 눈이 시어 온 길조차
뿌예진다

후박나무 정원에서

목련이 지고 떠나간
석파정石波亭 오솔길
나즈막한 하늘이 조용히
다가와 안기네

후박나무 못다 밝힌
하얀 촛불 봉오리
활짝 웃는 꽃내음
향기로운데

적단풍 손 흔들어 주는
나무 벤치 위에
찻잔을 들고 나와
앉아 보십시오

새로 이사온
문학동네 사람들
모두 다정한 문인들인데

좋은 글 많이 내시고
무성한 꿈 펼쳐 보이시라고

후박나무 은행 호도나무 그득한
아주 후박厚朴한 정원을
마련해 놓으셨네요

              *厚朴한 : 인정이 두텁고 거짓이 없음

제4부
은사시 나무의 노래

친구에게
―순한 눈빛을 가진

지난번 얼결에 다녀온
옛날 그 칠장사는
참 좋았네

자네와 불란서 상익이
비포장도로에 먼지 가득
펄럭이며

그날 다녀온 해질녘
칠장사는
참 좋았네

곳곳에 떨어진
중학생 모자의 우리 모습
낙엽으로 줏어

여기 詩 한 수
엮어 보내네

칠장사 자락에서

별은 가을로 떨어져
낙엽으로 쌓인다

한 줌 쥐어 짜
치자 물이 뚝뚝 듣는 산

단풍 길목에
가을걷이 끝내고 홀로 선
허수아비 노래 들으며
땅거미 다가서는 멀고 가까운
산들을 불러 길 잃은
산새들의 잠자리를 부탁하고 싶어진다

산자락 밑에 웅크린 집들이
가을 햇볕에 빨갛게 물드는 것은
바람에 붉은 연시와
널린 고추의 어우러지는 빛 때문이 아니다

멧열매 따 먹어 배 부른
짐승들의 순한 눈빛이 노을에
물들고 있기 때문이다

낙엽을 밟고 지나가는
그들은 오늘밤 발이 따습겠다

어느 별이 떨어지는 자리에
허리를 묻고 잠들까

친구야

여보게 친구야
한 달에 한 번씩이라도
얼굴이나 보며 살아가자

아무렇지도 않고
화들짝 반길 것도 없는
흰 물봉선 꽃대궁 바라보듯, 자넨
그냥 그렇게 속으로만 정겨운 모습이었네

한 번씩 눈여겨 바라보며 살아가자

친구야 어느새 잔주름 하나 늘어났나
검은 머리 잿빛으로 지나온 세월 위에
이젠 눈부신 햇살이 여위어만 가네

구절초 고들빼기 하얀 풀씨 날리는 추억들
산박하 향기 그득 바람에 실려 보내고
우리 젊은 날의 꿈 그냥 그렇게

쑥부쟁이 흰 억새 마른 잎 검불 되어
시나브로 사위어 가을로만 걸어가는데

친구야 우리 그냥 그렇게 한 번씩이라도
깊은 정일랑 속으로만 묻어두고
겉으로 덤덤한 모습 한 번씩
눈으로 확인하며 살아가자

은사시나무의 노래

멀대같이 키가 큰 사람
긴 낚싯대에 피라미 낚싯줄 달아매고
무릎도 차지 않는 산골 여울 시냇물
황새처럼 성큼성큼 뛰어 다녔다

강원도 시골 소학교 교장 매형
강돌 위에 마주앉아 사람 좋게 웃던 모습
자네도 한 잔 해
맑은 소주 한 잔 건네주더니
그분
오늘 떠나 가신단다
다시 돌아오지 못할 길 떠나 가신다

교정엔 푸른 잎이 황금 낙엽으로 떨어지고
은사시 마른 가지 가을 노래
겨울맞이 추운 노래 부르고 간다는데
가을 끝자락에 선 키 큰 그림자
해질녘 은사시 미루나무 그림자 되어
휘청휘청 세안의 뒤안 길로
노래하며 간다

교정의 풍금소리 여운으로 남듯
그분 모습 이제 교정에
긴 여운으로만 남는다

단풍丹楓

앞산 숲이 붉게 타오르면
가을이 더 깊어 간다 하고

강물이 유리보다 투명하여
하늘이 둥둥 떠내려 간다네

그 무성하던 여름의 푸르름 들
다 어디로 가나

가을 저 끝에 구름 한 조각

내 어머니 빨래줄에 앉은
고추잠자리 날개 위로

한 폭 휘잡아 훌훌 털면
또 하나의 계절이 가고

산사락 그늘에 묻혀
훨훨 긴 소매 휘젓고 떠나가신
내 어머니 오라버니 모습의
가을은

철 지난 한산 모시 두루마기의
길손이 되어
불붙는 숲으로 떠나간다

훠어어 훠어어
상두꾼 선소리 앞세워

북망산 불타는 숲 속으로
떠나간다

황금잎 엽서를 띄워 보내자

이 시대에
편지를 언제 쓰고 띄우나
인터넷 이메일(E-Mail) 아니면
늦게 간다는 사람아
오늘 밤엔 느긋이 못다 쓴 사연 안고
가슴 확 트이는 강변 들로 나가자
갈대숲 바람에 무리져 흔들리고
달맞이꽃 흰 망초 가을로 무너져 내리는
길목에 서서
황금잎 엽서 바람에 날려 띄우고
계절이 떠나가는 마지막 노래 불러주자
하지만 가슴 한 구석 아직도 허전한 건
북극 기류 타고 날아오던 철새들
나래접고 돌아선 빈 하늘 바라보는 것이지
파헤친 산 농약 들 오염된 하천에 퍼덕이는 죽음
그리로 가는 우리 모두의 흐름 속에
자연을 살리자고 환경을 살리자고
바람아
이제 답답하고 어두운 이야기 덮고
그리운 철새들 길잃고 방황하는
북국北國 수림 호수로 편지를 띄우자

이 땅에 청정한 강물 다시 살아나고 있다고
사라졌던 참게랑 샛강에 올라와 새끼치고
가을 되면 수수알 따 먹으며 내려오는 넓은 강
꺽지 동자개 쏘가리 참마자 맑은 물 어종 거슬러 올라와
강이 되살아날 희망 있더라고
바람아
가슴 확 트이는 강변 들로 나가자
가서 강이 되살아나고 있다는 소식
황금 잎새에 크게 써서 엽서로
바람에 힘껏 날려 보내자

코스모스 씨앗

온땅의 지열地熱로
숨막히던 여름
무더운 장마
비
그리고 나의 좁다란
뜰녘에 와서
화사한 가을로
웃어주던
너

이젠 모두
다 떠나 보내고

인내와 의지
인고의 결실로
응축된
새까만 씨앗

눈보라 동토凍土
겨울이 온다 해도

내일을 소망하는
생명의 신비만은

여기,
온누리
우주를 잉태하고

봄을 기다리는
대지의 혼을 담아

의연히
숨결 고른
꿈을 꾸고 있구나

작은 풀씨 하나

사람은 나뭇잎과 흡사한 것
가을 바람이 땅에 낡은 잎을 뿌리면
봄은 다시 새로운 잎으로 숲을 덮는다
— 호메로스 —

펜을 놓고 가만히
손등을 내려다 본다
지나온 날들의 발자국이
잔주름 되어 돌아와
살갗 깊숙이 숨어 있구나
손뼈 마디마디 솟아올라
높은 산맥으로 치달리고
여울져 흐르는 삶의 강물
가서 머무는 곳 어딜까

어디에서인가
작은 풀씨 하나 날아와
내려앉는다
온 우주를 담아온 생명
풀씨 하나
뜰 앞에 심어두고
봄날
새로운 우주의 탄생을
기다리련다

가을詩, 낙엽

가을엔
시를 쓰자
낙엽 위에 시를 쓰자
지난 여름 강가에 풀벌레 울던 밤
별자리 너머로 흘러간
너와의 이야기를 줏어 모으듯
가을엔 시를 쓰자
낙엽 위에 시를 쓰자

이 황홀한 밤엔
가로수 밑을 걸어가자
수없이 떨어져 밟히는
세월의 비늘 조각들을 헤아리며
알알이 가슴에 와 박히는
아픔의 상처를 메워 보자

눈감으면 강언덕
갈대숲 손 흔들어
일렁이는 가슴 언저리에
바람으로 와 닿을 듯
가을엔 시를 쓰자

읽어서 가슴 아프지 않을
시를 쓰자

밤은 저 멀리 강물
어둠 속에 흐르는 강물이었지
불붙듯 일렁이며 활활 불타던 영혼
모닥불처럼 나는 활활 타 오르는
가을로 여행을 떠나리라

가을엔 시를 쓰자
강돌 위에 시를 쓰자
차가운 물처럼 물 흐르듯 시를 쓰자
바람으로 흩날리는 갈대를 꺾어
물을 묻혀 돌 위에
시를 쓰자

소지개 선영

우리 선영은 여주군 북내면 소지개
열 일 다 제쳐놓고 낫 한 자루 사들고
당숙 어른 좇아 금초길 나섰다
누르스름한 알밤이 툭툭 불거져
으름으로 떨어져 내리는 선영머리
고조 할아버지 증조 할아버지 금초 잡수시고
알알이 떨어져 내리는 전설 한 자락 듣는다
수염에 붙은 막걸리 방울 손바닥으로 쓱 쓸어 내리시며
으흠 우리 집안이 대동아전쟁 육이오전쟁 통에도 별로
흉한 꼴 안 보고 오늘에 이른 것은 다 이 선영 음덕이니라
옛날 나옹대사 벽절(신륵사)에서 탁발 나와
누더기 장삼 펄럭이며 이 산자락 앞을 지나게 되었느니
동자승 대사 우러러
저 앞산이 꼭 개처럼 누워 있습니다요
대사 왈, 이끼눔 그 누운 형상이 소지 개냐?
동네 사람들 듣고 산 이름 소지개라 했다더라
좋은 명당인데 와우형 유두부乳頭部에
고조부님 봉분을 모셨느니라
큰 벼슬 인물은 안 나온다지만
삼대 궁중 내의원을 이어 다시
종손 삼대째 양의를 내지 않았느냐

너는 대학 강단 출신 시인이라니
세상에 무엇으로 덕을 끼치려 하는고
당숙 어른 말씀이
그저 와우형 선영 후손은
중생에 덕을 쌓고 살아야 한다네
나는 세상에 어느 덕을 끼칠 수 있을까
우유처럼 좋은 시나 줄줄 썼으면 좋겠네
우유 마시듯 정서에 목마른 이들 가슴에
푸근히 적셔주는 시나 줄줄 썼으면 좋겠네

고욤

장준長樽이 못 되어서 고욤으로 빚어
가을을 담아 왔나
모양은 감枾이지만 잔망한 눈망울들
성에 낀 돌담 너머 하늘 한 번 올려다 보고
몸서리 치고 나니 어지럼증 일어난다

높새바람 일어나면 산까치 떼 몰려오지
작년에 떠나간 기러기들
철 따라 다시 찾아 오지만
양지 밭에 묻히신 님
억새풀만 서걱이네

당산골 성황당에 참나무잎 우수수 지고
떡부엉이 울음소리 음산한 겨울 밤에
움막(서릿)광 더듬어서 수북히 퍼내다가
반짇그릇 머리맡에 슬그머니 밀어두고
질화롯불 뒤적여서 곰방대 피워 물던
가신 님 그리워서 억장이 무너지네

제 5 부
라일락 雅歌

프리지어

스산한 겨울 끝자락이
힘없이 무너져 내리고

도심 봄 안개 텅 빈 가슴
낯선 설레임으로 밀려드는 오후

가로수 거리 내려다보이는
찻집에서
프리지어 한 묶음 전해 주었지

아쉽고 아련한 날들의 기억
아직도 지우지 못하는데

그대 빈 자리
그 찻집에서

봄은 다시 한 묶음 연한
프리지어 향기로
가슴에 젖어 오네

목련

봄에도 저렇게
슬픈 꽃이 피나 보다

저승 가신
내 어머니의
옥양목 적삼이
혼魂이

이제사 나비 되어
날아와 앉았나

세월이
아득히 흘러도
백자白瓷
투명한 살결

가슴 언저리에
눈부신 슬픔이
시리도록 응어리져

꽃망울로
하얗게

피어났네

라일락 아가雅歌

하늘의
무수한 잔별이 여기 모여
소곤소곤 이야기하고 있구나

향기도 진한
오월의 어스름 저녁

출렁이는 파도로 밀려오는 바람아
너는 여기 골목 입구에
잠시
가로등 그림자로
머물러 서 있어다오

우리 다정한 긴 입맞춤이
끝날 때까지

사랑한다는 것은
라일락 향기보다 더
찡하게 가슴 설레어 오는 것

도둑고양이 발자국을 죽이고

너의 향기로운 가슴
그림자 속으로 든다

머리 위에 자잔한 꽃무리는
모두 우리의 환희
갈채들

다정한 연인들을
포근히 감싸주는
싱그러운 바람아

아가서雅歌書 히브리 여인의
포도주처럼 달콤한 입술로
출렁이며 춤추는 바람아
너는 라일락 밤 그늘에
향기로운 입맞춤으로
한껏 취하여 혼미하구나

너를 향해 일어나는
내밀內密한 욕구일랑
라일락 향기 속에

잔잔한 미련으로 잠자게 해다오

여기 네 가슴 그늘에 얼굴을 묻고
오래 오래 머물고 싶구나

욕망慾望은
싱싱한 레바논의 백향목 되어
안개 속의 해일로 내게 다가와
심장을 두드리는데

너는 항시 자상한 여인의 미소 되어
내게로 속삭이는 밀어密語들

옥잠화玉簪花

모시 녹색 치마
하얀 옥비녀
기품있는 별당 아씨

옥춘봉玉春棒 백학선白鶴仙
별호조차 그윽하다

육간 대청 위에
화문석 깔아 놓고
일필휘지 시문을 지으시나

길죽한 섬섬옥수로
한시름 서려 내면

구름도 머언 발치에서 엿보고
눈물 흘리며 갔다더라

박꽃

항시 아픔으로
피어나는 풀향기
하얀 박꽃

세월은 가고
이제사 돌아와 성긴 별 하늘
바라보고 서 있네

모깃불 연기 속 눈이 시고
앞이 흐릿해 보이지 않지만

무명 치마폭 곡식 낟알 숨기시고
삼복더위 너머 부황든 동네 해산댁解産宅
지게문 열어 소리 없이 디밀고 나오시는……
소박한 인정

되돌아선 치마폭 꼭 잡고
깨금발이 뛰며 따라오는 철부지 향해
등 돌려 업히거라 손짓하던 울엄니

오늘도 어둠 속 하얀 박꽃

은은히 웃고 바라보는데

날 저무는 하늘에 남은 형제별
금세 그렁그렁 눈물이 고여

주루루 별똥으로 흘러 내린다

해바라기

나의 원 이름은
헬리안투스 안누우스 여인

아우구스투스 그 이전
헤라클레스 시절

신화를 먹고
동쪽 바다에서 서쪽 산으로
황금마차 달리는 주피터의 늠름한 모습
반해 버렸어요

벤허의 전차경기 보신 일 있으신가요

숨가쁜 전사의 삶과 죽음
엇갈리는 순간
모든 영혼 삼켜 피를 말렸죠

밤새 고개 숙여 눈물짓다가
아침해 솟아 머언 바다
금빛 노을 활활 타오르면

당신 향한 환희 열정
온몸이 달아올라 숨이 막혀요

당신만 바라보는 기쁨

생명이 있는 한 죽도록 사랑하다가
계절이 지나가면
얼굴까지 까맣게 타 죽어요

분꽃

구멍 송송 난
벌레 먹은 분꽃

칠석 날
연지 곤지도 안 찍고
신방에 들더니

입추
한로 상강 지나
까만 새끼 하나 낳고

엄동 설한 속에
쫓겨 나갔다

홍초(칸나)

무성한 푸른 잎은
한 여름을 덮는다

뜨거운
태양 아래
가슴 불꽃 터져 나와

줄기에 꼿꼿이 서서
횃불행진 하는구나

달맞이꽃

달 밝은 여름밤
나를 만나러 오세요
넓은 강가 정결한 둥근 자갈밭
바닷가 개활지에서
가슴 높이 노오란 꽃 우우 무리져 안겨오는
설레임

바람 부는 밤 춤추는 오에노테리아*
노오란 블라우스 풀어 헤치고
몽환 속에 안데스산맥 휘어 안을 듯
온몸 출렁이는 몽롱한
눈동자

터질 듯 팽팽한 가슴 열어주세요
미칠 듯 뜨거운 나의 열정
주체할 수 없는 흔들림
아무도 모르시죠

이 땅에 뿌리내리고 자랐다지만
남미 칠레 땅 에스빠뇨
라틴 잉카 태양신의 피가 내 몸에
흐르고 있다는 건
아무도 모르시죠

*오에노테리아 : 달맞이 꽃의 라틴 학명

닭의장풀꽃

내 이름을 아시나요

별명은 달개비 닭의 밑씻개 압척초
아예 꽃밭에 자리잡아 본 일조차 없어요

내 이름에 의미를 붙여
나를 꽃으로 반겨준 일 있으신가요

시골 초가집 그늘진 울타리 밑
닭의 장 근처 풀숲에서
아무데서나 만나볼 수 있지만

칠팔월 염천에
잔망한 남색 두 쪽 얼굴
시원찮은 꽃술에 굵은 마디 줄기
볼품 없는 모습에 짜증이 나겠지만

나를 보시거든 쉽게 뽑아
마른 땅 길 밖에
뿌리채 던지지는 말아 주세요

오늘 밤 소쩍새 피나게 울면
나도 풀숲에서 눈물이 나요

코스모스·I
―가을 여인

언덕 비탈길에
코스모스가 웃고 서 있네
하얀 옷을 입은
병원의 여인

나날이 여위어 가는 날들을
저만치 뒤에 두고
무서리 시리도록
파아란 하늘

너는 언제부터
뜨거운 태양의 계절을
열망熱望의 해변 모래 위를 달려와
여기 언덕 위에
가을을 기다리고 서 있는가

수줍고 가녀린 여인의 미소로
너는, 붉은 칸나의 정염情炎을
허허로운 갈대의 손짓을
외면해
홀로 서 있는

가을의 여인

나는 너를 연모戀慕해
사루비아 빛 결실의 시어詩語들을 모아
조용히
손바닥 위에
가을의 시를 적어 본다

코스모스·Ⅱ

입술이 파래지도록
떨며 기다리고 서 있었어요

서릿길에 주저앉아
얼굴을 감싸 버렸죠

가슴이 조여들어
각혈을 했어요

잊어버리자고 혀를 깨물었지만
그이 뒤에 남아 서면
눈물이 쏟아져요

투명한 강물에 꽃잎 내리거든

초생달 빛에
묘비명이나 읽어 주세요

梨浦나루 이야기·Ⅰ
—이 고장 전설

어두움이 혼돈의 뿌리를 흔들며
서녘으로 물러간
오월의 파사산婆娑山 낡은 고성古城
바람이 산허리에 운무 걷어가고
싱아 돌나물 돋아나는 상수리 숲 속에
새벽을 여는 햇살이 퍼진다
나비 꽃 머리에 이고 은실을 내려
제각기 다른 꽃의 색깔로 오시는 님아
산 넘어 또 한 산이 윤곽을 잡아가면
씻은 듯 새벽달이 수줍어 얼굴을 감춘다
잠에서 갓 깨어난 강물
산을 돌고 바위를 깎아 이 고장 전설을 엮어 왔나
한 옛날
불로초 찾아 길 물어 온
진시황 동남동녀童男童女에게
"이천利川장을 지나서 오천 고을 지나서
억억다리 건너서 구백리九伯里를
더 가야 효양산 자락에 들어선다"던
이 고장 어느 이인異人의 전설
선남선녀는 울면서 돌아갔다지
굽이굽이 돌아서는 남한강 줄기

이포梨浦 나루터엔
오늘도 매생이 조각배 한 척 찾아볼 수 없네
회붐한 강물을 가로질러
문명의 괴물단지 콘크리트 다리 놓여 있고
자동차만 줄 이어 달려간다
파사산 성은
서라벌 어느 여왕이 쌓았다던가
운무 속에 고구려 신라 병사들이
엇갈려 산을 오른다
무너진 돌 더미 성 머리에
이름 모를 꽃으로 피어난 화랑의 모습들
역사의 풍화 속에 성은 무너져 내리고
영혼은 오늘도 꽃으로 피어난다

梨浦나루 이야기·Ⅱ
—살아있는 기쁨의 노래

육이오 전쟁 중에도

남쪽 병사 북쪽 병사들 엇갈려 이포나루 건너갔네

따꿍총 멘 병사들 건네주다가

더운 피 흘리며 눈감은 애사공 이야기

풀숲의 거미도 밤새워

날줄과 씨줄의 교직으로 하얀 세월

전설의 넋을 꾀어 놓았구나

무한 속에 탄생하여 억겁을 산다 해도

무심치 않은 바윗돌 꽃 한송이 있을까

굴원의 노심초사 이소離騷로도

멱라의 흐름은 사람들 의식 속에 흘러갔고

흐르는 세월 속에 관동별곡 행차도

흑수*로 돌아들어 섬강으로 갔다 하네

세월이 아무리 근심해도

태산준령 끝자락 붙들고

역사의 자리바꿈 지축의 회전을

머물게 할 수야 있을까

내 비록 이 아침 희희낙락하진 않을지라도

차라리 옷깃을 여미고 지순至順한

순례자의 마음이 되어

조용히 오늘을 여는 이 고장 아침을 노래하리라

이 땅에 피 흘려 흙으로 돌아간 모든 이들을 위하여……
오월의 숲이여 바위여
어느 겨울날
저 강물이 얼어붙고
강바람 말을 달려 눈 덮인 산야를
뒤덮을지라도
나는 이 산야를 떠나지 않으리
온 숲의 멧새들 순한 짐승들이여
바람과 더불어 지신을 밟듯
스르르 팔 벌려 한 사위 춤이나 추고
강여울 노래로 이 고장의 삶을 노래하자
바람과 숲 인간의 교감
아침 뻐꾸기의 노래로
오늘의 이 살아있는 기쁨을 노래하리라

어느 기러기의 꿈

아침바람 찬바람에 울고 가는 저 기러기
우리 선생 계실 적에 엽서 한장 써주세요

새벽 찬 바람 기류에 밀려
강진 앞 바다에 내려앉으면
다산 선생 유배소에 문안 드리고 한양 소식
마현 본가 소식 전해 드렸다
흑산도에 귀양가 계신 중형 약전 선생께서는
다산 아우님 편지 손에 쥐시고 돌아서서 우셨다
그분 흑산도에서 나오지도 못하시고 세상 뜨셨다

옛날 그리워 찾아온 기러기 한 마리
난파 유조선 기름띠에 뒤엉켜 퍼덕이다가
한쪽 날개 부러져 사람 손에 잡혔다

불인不忍계곡에 떨어진 질긴 생명
천년 울음 삼켜
하늘 한 번 올려다보고
부러진 날개에 머리를 묻는다

닭장 속에 길들여지지 않는 어수수선한 꿈들
어디 한 군데 머물 곳 없는데

기류는 안개꽃 무리지어 흘러가는
추억의 강물일 뿐 복사꽃
핏빛으로 묻어나는 골짜기에 달이 지도록
철새들 돌아간 길을 물어 날아가지 못한다

계절이 무한의 시공時空을 지나 별을 넘어간다 해도

아득히 눈발 속에 가물대는 천산남로 천산북로
북국北國의 침엽수림까지는 얼마만큼 먼 거리일까

다글라마칸 사막 넘어 타림강가에 떨구고 온
분신 꿈 깃털 주워 다시 날개 달 수 있다면
잠든 영혼 일깨워 날아 보리라

다시 힘차게 날아 오르리라

샌프란시스코에서

긴 밤 터널 빠져 나와
아침에 내린
샌프란시스코

바람에 밀리는
안개 베일 속
베이브릿지와 하늘이
입맞춤 한다

오렌지 햇살
짙푸른 가지에
주렁주렁
태양이 열리는

시지포스 언덕
머언 바다 향해
종이 요트 몇 척 띄우고

넓은 창 파도
비늘 반짝이는 심연에
끝닿을 수 없는 유영遊泳을 한다

열 일곱 시간 시차
아이스크림으로 녹아 내리는
휴화산의 깊은
수면睡眠 속으로

– 샌프란시스코 집에 돌아와서

여로旅路

사랑(LAX)은
살아 움직이는
도시의
검은 그림자 〈Los Angeles의 낮〉

그리고 칡넝쿨 엉겅퀴
무수히 얽혀
춤추는
밤의 영령들 〈Los Angeles의 밤〉

사랑은(SFO)
작은 섬, 이니스프리
Bridge와 하늘이 입맞추는
시지포스의 언덕 〈San Francisco의 낮〉

빌딩 숲 위에
소리없이 내려앉는
미네르바의 날개
부엉이 〈San Francisco의 밤〉

사랑(STL)은

붉은 꽃 넝쿨
올림피아 산정의 숫눈과
호숫가 갈대의 고향 〈Seattl의 낮〉

그리고
수해樹海 위에
물안개 비 뿌리고 지나가는
불가사리 〈Seattl의 밤〉

영혼과의 만남

나의 영혼은
호밀밭처럼 높다란
빌딩 숲에서 만난다

어두움이 저녁 안개로
회색빛 날개 펴고
도시의 소요 속에 무너져 내리면
육신은 걸레처럼
후줄근해져서
아파트 빌딩 위에 걸린 초승달과
만난다

때로는 칠흑 같은 두억시니와 만나고
실안개 속살이는 봄비와도 만나고
불빛에 반짝이는
빗물이 되어
처절한 절규의 시詩와도 만나고

피나는 실존의 생활 속에서
먼 데로 한없이 먼 데로
떠나갔다가

돌아와 다시
아침으로 돌아와

콘크리트 공간에 갇혀
커피를 마시는
산
도깨비들과 만난다

열차 안에서

머언 불빛, 창 밖에
돌아가는 회전목마

해지는 들녘 별이 뜨고
검은 미네르바의 날개 퍼덕여
큰 새 한 마리

장자莊子가 떠나간 쪽으로 날아간다

높고 낮은 출렁임으로 다가오는 산맥 파도들
빈 들 나무 산 밑에 숨은 바위들 삼키고
불빛 환한 사람의 도시 빠져 나간다

어두움이 반사되어
거울 된 유리창

김 서린 넓은 캔버스 위에
잊혀진 모습 아픈 기억 하나

촉수 낮은 백열등으로
서서히 불을 밝히면

주르르 유리창 위에
눈물 한 줄기 흘러 내린다

가슴 속 깊은 곳으로
흘러 내린다

풍경(STAND BAR)

맥주 두 병 팝콘 한 접시
시나위 가락으로
흐르는 세월

스탠드에 마주앉아
슬픔을 마시면
눈빛이 더욱 고운 남도 여인아

너는 추석에 고향엘 간다만
기러기처럼 허공을 날아
남해 여수엘 간다마는

하늬바람 높새바람
된바람 돌개바람에
외로운 뜬구름으로 떠나갈 나그네

만리길 장성 넘어 꿈길을 넘어
이 밤도 백양나무 소소리 바람결에
왕소군王昭君 비파행琵琶行 연경(北京)길을 가겠구나

천안문 앞에서

광활한 대지 위에 바람이 인다
갈대꽃 하얗게 일렁이고
맑은 기류가 흐르듯
대륙의 벌판 위에 황하黃河 장강長江이 흐른다

아득한 태고의 나라
명멸하는 역사의 부침浮沈 속에
수천년 잠을 자는 진병마용秦兵馬俑들
아직도 무덤 속에 깊은 꿈을 꾸는가

팔달령八達嶺 장성長城 넘어 바람이 불면
역사의 수레바퀴 말발굽 아래
아우성치며 죽어간 무수한 영령들이
밤마다 원귀 되어 천단기년전天壇祈年殿 위에 와서 운다

하얀 꽃 소복으로 서시西施도 와서 울고
당명왕唐明王 총애 받던 양귀비도 와서 울고
오랑캐 나라에 공녀貢女로 끌려기 고국을 그리워하던
왕소군王昭君 비파행琵琶行 새한곡璽寒曲 뜯으며
태화전太和殿 처마 끝에 바람으로 와서 운다

일어나라 봄의 기운이여 대지의 영령들이여
진시황도 일어나고 제갈공명도 일어나고
충신 악비 열사 시인들 모두 춤추며 일어나라
새 문화와 새 물결 여명 속에 깊은 숨을 몰아쉬고
찬란한 새 시대의 꽃으로 풋풋하게 피어나라

— 천안문 사태를 눈으로 보고

제7부
단정학 날아오는 날

단정학 날아오는 날

남한강가 작은 면소재지
시골 다방 창가에 앉아 눈을 감으면
보리 순 돋아나는 넓은 들판이 보이지
학두루미 재두루미 기러기떼 몰려와
샛강 넘어 보리밭 뜰을 뿌듯이 메웠다네

자네 단정학 춤추는 모습 본 일이 있나
두 나래 훌쩍 벌려 암수 마주보고
성큼 사뿐 뛰어 오를 때 흑단치마 도포자락
꾸르룩 꾸꾸루룩 노래 장단 맞추어
긴 목 마주보고 오르내리 춤을 춘다네

맵싼 허허벌판 갈대 강바람
엷게 흐르는 기류 나즈막히 깔리면
점점이 떼지어 북으로 날아가던
텅 빈 뒷모습

자네 만주 벌판 저 끝 내몽고 동북지방
훌룬 호반에 가는 꿈 꾸어 본 일이 있나
흑룡강 저 끝 아무르 강가에 찾아가
툰드라 습지 작은 나무 위에 둥지 틀고 새끼치는

학두루미 한 쌍 먼 발치에서 바라보며
내 어릴 적 고향 꿈 따라 예까지 왔노라고
그 꿈 길 따라 다시 내 고향 찾아와 달라고……

지금도 그 옛날 그리우면
고향 다방 금간 유리창 문 밀어 열고
그들이 떼지어 나래 퍼덕이며 날아오르는
꿈을 꾸고 있지

세월 따라 사람들 하나 둘 떠나가고
머리 위에 흰눈 덮인 산맥 겹겹이 넘어
세월 흐르듯 단정학 바람결에 흘러 올 때
오 나의 꿈 바람 문풍지 그 가슴 속 떨림

빈 들판 세월 단정학 춤추던 곳 바라보며
점점이 날아 학두루미 흘러 오는 날 기다리네

판도라

환한 미소로 다가서지만
슬픔이 투명한 강물로
흐르는 여인아

시월의 하늘 담은 눈으로
바라보지 마라

시린 가슴 그늘져 서늘해진다

동짓달 밤하늘 별들의 이야기
은하채 시어詩語로 쏟아내려다가
가슴 씨줄 하나 퉁겨 주는 날

어두운 들 건너 너에게로
뜀박질해 이르는 여울지는 강물

그 꽃길 아름답고 풍요롭다지만
마지막 상자 두려움에 열지 못하는
메피메티우스*

외면하지 마라 판도라
외면하지 말아라

*메피메티우스 : 프로메티우스와 불을 훔쳐 인간에게 준 벌로 판도라를
신에게서 받아 사랑의 아픔과 고통을 겪는 반신 반인.

빠담 빠담 빠담
—연출가 표재순과 에디뜨 삐아프에게

예술의 전당 오페라극장에서
친구가 연출하는
뮤지컬 드라마 한 편 보고 나왔다

몽마르뜨 언덕
샹송의 메아리 마로니에 거리에
가슴으로 젖어와 우수의 그늘을 드리우는데

한 여자의 삶은
잔잔한 슬픔으로 막을 내려, 옛 친구들
꽃 한 묶음 들고 찾아오네

떠나는 레이몽 가슴이 아파도
떠나가는 詩人의 마음을 누가 읽을까
사랑의 아픔이 그를 떠나게 했다네

그녀 다시
새로운 사람 만났지
가을 낙엽(Autumn Leaves) 샹송의 남자
그 젊음을

새로운 노래로 손수건에
사랑의 언어들을 싸 쥔다면
사랑은 또 어느만큼한 거리에서
또한 사랑의 계절을 낙엽으로 날려보내야
하는 걸까

"빠담 빠담 빠담—
두 마리 토끼처럼 즐겁게 뛰놀아도"
샹송의 메아리는 언제나 가을 낙엽(Autumn Leaves)으로
가슴에 그늘을 지우고 떠나가고 마는 것

에디뜨 삐아프는 그렇게 살다가
가을 낙엽으로 떠나갔네

사랑만 있으면 두려울 게 없다고
노래로 절규했지만
구르는 마로니에 낙엽으로 떠나갔네

사람들 가슴마다 따스한 불을 피우고
낙엽으로 떠나갔네

사랑 에로스

아름다운 미의 여신
아플로디테 생일잔치에
올림포스의 모든 신들이 다 초대되었다

넉넉한 풍요의 신 폴로스를 비롯하여
술의 신 박카스 사냥의 신 알테미데스
음악의 신 뮤즈 바다의 신 포세이돈
아틀라스 바아 헤파이도스까지 모두 모였지만

가난의 여신 페니아는 초대조차 받지 못했네
가난한 거지 여신 페니아 배가 고파
체면없이 파장 후에 늦게 찾아 갔다네

그 날 폴로스 인기는 대단하였지
활을 잡으면 백발백중 알테미데스를 능가했고
수궁하아프를 잡으면 뮤즈보다 더 아름다운 바리톤 노래
힘자랑에는 아틀라스를 제치고 우승을 하였지

승리할 때마다 쏟아지는 박수 축배에 만취되어
넝쿨장미 그늘 잔디 위에 금발 흐트리고 잠이 들었네
황금 포도주 술잔 손에 잡은 채

페니아가 폴로스를 보고 그만 한눈에 반해 버렸다네
배고픔도 잊은 채 누더기 스커트를 덮고 취한
폴로스와 한몸 되어 사랑을 나누었지

페니아 오랫동안 폴로스에게서 잊혀진 채
아기를 낳았네
사랑의 탄생 아기 이름은 에로스라네

에로스의 화살에 맞아 남녀가 사랑을 느낄 땐
온몸이 떨리고 말 한 마디 고운 눈빛에
생명까지 바치기도 하지

그대 처음 사랑하는 이에게서 고백을 받았을 때
얼마나 뛸 듯이 기뻐하셨나요
가진 것 없어도 세상을 다 손에 쥔 듯 행복했고
폴로스보다 더 풍요로워 세상 모두 아름답게만 보였지요

그녀 어느 날 갑자기 돌아섰을 때
사랑의 계절은 이미 끝나갔고
황금 낙엽 마른 가지에서
슬픈 노래 불러주고 떠나갈 때

황량한 들판 혼자 걸어가며
얼마나 가슴 텅 빈 고통의 눈물 흘리셨나요

그대 이제 사랑에 너무 슬퍼하거나 기뻐하지 마세요
에로스의 성격은 폴로스와 페니아의
양면성을 지닌 변덕쟁이
야누스의 두 얼굴을 지닌 괴물이니까요.

- 플라톤 2권 소크라테스와의 대화 중에서

자화상 自畵像

고국을 등진 사람이란다
눈감으면 아직도
파아란 오월의 들녘과 그 싱그러운
창포의 계절이 눈앞에 선한데
고국을 등진 사람이란다
너는 언제부터
읍스 오예? 하며 어깨를 출썩해 보이는
이방인이 되었나
차라리 해는 어느쪽으로 떠서
어느쪽으로 지는지 오래라 해도 좋겠다
따먹을 수 없는 포도는 실 거라고 지나가는
이솝의 여우처럼
현명한 체념의 지혜도 못지녔고
깊은 심연深淵 속의 심해어深海漁처럼
현실을 직관하다가
눈이 툭 불거지는 인내도 못지닌 너
그러면서도 해리 박 피터 유 크리스틴 김들에게
안녕하십니까 나는 한국 사람이예요
몇마디 가르쳐 주고
자위하는 너는
진정 카멜레온처럼 묘한 생리 속에 눈을 뜨고

돌돌 말린 가슴으로
오늘과 내일의 삶을 살아간다고?
역겹다
노란 냄새가 날 네 체취가 역겹다

- 미국 생활 7년, 1973년의 자화상

강여울 전설

—소리

강여울 흐르는 맑은 물소리
강돌 위에 빨래 방망이 두드리는 소리
맑은 물에 빨래 헹구는 소리
빨래하는 여인들끼리 까르르 웃는 소리
건너편에 메아리져 돌아오는 소리
질자배기에 보리쌀 북북 으깨 씻는 소리
뽀얀 쌀뜨물 졸졸 흘러내려 맑은 강물에 번지는 소리
오지물동이에 쪽박으로 맑은 물 퍼담는 소리
자갈바닥에 소달구지 구르고 지나가는 소리
땅거미 지는 저물녘 어둠 속에 다가오는 황소굴레 워낭소리
그 어두움 속에서 두런두런 호미씻고 세수하는 소리
아이들 멱감고 물장구치며 왁자지껄 떠드는 소리
캄캄한 밤중에 건너편 멀리서 "사공 배 좀 건네주시오"하고
소리치는 소리
물안개 속에 삿대질 소리, 삐걱 삐걱 노저어 오는 소리
새벽 강물 수면 위에 제비 물차고 날아가는 소리
먹구름 천둥 번개 몰려오는 소리
비바람 오는 날 왜가리 울고 지나가는 소리
갈대숲에 개개비 목놓아 우는 소리
소슬한 가을 바람에 마른 옥수숫대 흔들리는 소리
가을강 참게 수숫대 타고 내리는 소리

수수알 물고 늘어져 흔들리다가 툭 떨어져
젖은 모래 위를 기어가는 소리
조용한 수면 위에 끄리 뛰어오르는 소리
가을바람에 기러기 떼로 몰려와 고요한 수면 위에
내려앉는 소리
기러기 물차고 날아 오르는 소리
달밤에 줄짓고 머언 하늘 울며 날아가는 소리
작은 물새 꿀룩이 울음 소리
강변 빈 수숫대 위에 함박눈 떨어지는 소리
갈대숲에 서걱서걱 겨울바람 지나가는 소리
얼어붙은 강물 위에 쩌르릉 얼음 죄는 소리
얼음 위에 싸락눈 뿌리고 쓰쓰쓰 바람이 쓸어가는 소리
밝은 날 아이들이 몰려와 팽이치는 소리 썰매 지치는 소리
어른들 도끼로 얼음구멍 깨놓고 떡메로 고기 몰아오는 소리
우수 경칩에 강물 풀리며 얼음장 밑에 강물이 숨쉬는 소리
얼음장 떠내려가며 서로 부딪치는 소리
장마 물살이 소용돌이치는 소리
한 맺힌 농민들이 주정하는 소리

아이 엠 에프
—레익타호에서

아이 엠 에프IMF
나는 F학점의 경제 낙제생
USA 본토 사람들 백불 한 장 받아 들고
이리 비춰보고 저리 뒤쳐보고
손금고 맨 밑바닥에 고이 간직할 때
우리 관광객 여기 몰려와
조자룡이 헌칼 쓰듯 잘도 쓰고 다녔지

깡드쉬 통령 위의 통령에게
경제 신탁통치 수모 톡톡히 당하네

국민소득 USA 사분의 일 국민
큰소리 땅땅 치고 곰 잡아와라
쓸개 빼내라 다 쓸어 몸보신하더니
이거 참 아이 엠 에프 우리 경제
거덜났네 그려

그래도 우리 교포 심성 하나 기특한 건
달러 모아 고국에 저축하기 운동 벌여
내 고국 금가락지 모아 수출하기 운동에
열심히 참여하는 것 보시게나

그래, 누가 뭐래도
우리 국민의 뭉친 저력은 강하다
경제는 항상 엎 앤 다운 사이클이라니
비웃지 마라
한강기적 일군 국민
앞으로 나가신다

운성雲成 李聖雨님
―인노첸시오 백수연 헌시

어화 참 좋은 날이시로다
오늘 백수연 미사 이 잔치
천주님 내리신 큰 은혜이시네
어화 좋을시고
雲成 李聖雨님 천주님 크신 은혜 받으시도다

광야의 마른 땅이 성우聖雨 내리심 받아
모두 일어나 기뻐하리로다
이사야의 사막이여 백합화같이 피어
맑은 물이 샘솟아 오르고
백수연 기쁜 노래 즐거이 화답하도다

한 세기에서 다른 한 세기로 이어지는
1903년 여명의 아침
천주님 이 나라에 李聖雨님 내리시니
이 땅이여 복되고 복되시도다

어화 좋을시고 이 어르신
오늘까지 백수하시는 왕장리 좋은 터전
세 살 때 이사오시어 27세 청년으로
빠리 외방전교회 임가밀로 신부님 도와
장호원 본당 이 매괴 성당 지으시도다

초대 사목회장으로 성도 이끄시니
천주님도 천상에서 크게 기뻐하시네
성모 마리아여 가브리엘과 뭇 천사들
기쁨의 노래 부르리로다

슬하에 3남 2녀 두시어
무성한 큰 나무로 길러내시니
그 중 한 분 아드님 사제로 바치시어
천주님 거룩한 일 맡아 하게 하시네
무수한 손녀 손자들 박사를 비롯한
꿋꿋한 큰 기둥으로 잘도 양육하셨도다

오늘 100년 살아오신 터전 감곡
왕장리 중심터에 큰 빌딩 지어 올리시니
이 아니 또한 자랑스러우신가
어화 기쁘시도다 인노첸시오 이성우님
학처럼 곱게 연로하신 운성 이성우님
천주님 축복 받으시어
만수무강하시네

2001년 6월 6일

취선경 醉仙景

앞에는 靑山이요
발 아래 綠水로다

石병풍
굽이굽이 九谷을
흐르는 물

천년 만년 길이 흘러
長江滄海 이루리라

任申 中秋佳日 九谷仙景에 노닐다
－집들이 잔치 헌시

취청금醉聽琴

靑山은 만입을 벌려 웃고
綠水는 절로 흥겨워 춤을 추네

百花 휘들어져 만발하고
秋果 千개의 열매를 맺어 福되구나

연못의 淸雅한 연꽃이여
宋仙의 大笒 소리를 傾聽하는도다

— 집들이 잔치 축시

늦깎이 시인의 절창絶唱

青多 李洧植
문학평론가·배화여대 교수·전 한국문인협회 부이사장

Ⅰ. 들어가는 말

김흥준 시인은 매우 늦깎이로 시단에 데뷔했다. 불과 육칠년 전이다.

사실 그는 국내의 유수한 대학과 대학원에서 국문학을 전공하는 과정에서 일찍부터 문학에 열정을 쏟았다. 60년대 전후, 동아일보에 수필을, 경향신문에는 평론을 각각 발표한 바도 있다. 그 당시의 동료 문학청년들이 이제는 중진이 되어 있는 걸 보아 사실 그도 이제는 중진이 되어 있을 나이다.

그렇지 못한 데에는 그만한 이유가 있다. 잠시 대학에서 전임강사 생활을 하다가 일찍이 미국으로 떠났던 것이다. 물론 그곳에서도 줄곧 교수생활을 하면서 미주문단에 작품발표를 간헐적으로 한 바 있으니 문학을 완전 포기한 것만은 아니었다. 그러나 뜻한 바 있어 30년만인 '96년도에 귀국했다. 그리고 지난 청년시절에 품었던 문학에의 왕성한 열정이 향수처럼 되살아나 늦게나마 용기를 갖고 문단으로 보면 재등단이지만 시로써는 신인으로 데뷔했다. 문단의 단체 활동에도 그 연륜만큼의 무게로 열심히 관여하고 있다.

이번에 내놓는 시집《우리의 다정한 긴 입맞춤이 끝날 때까지》는 그에게는 첫 시집이다. 감회가 남다르리라 본다. 우선 문단 연조를 떠나 비슷한 연배로서 축하해마지 않는다.

Ⅱ. 시집의 주요 내용들

이 시집은 7부로 구성되어 있다. 특히 1부에서 4부까지는 사계四季의 변화에 따른 자연의 모습과 시인의 정서적 반응이나 심상들을 읊고 있다. 제1부는 겨울, 제2부는 봄, 제3부는 여름, 제4부는 가을이 각각 그 배경이 되고 있다.

특히 계절과 시인의 정서적 반응 측면에서 보면 1부에서는 겨울이 배경이 되고 있는 만큼 전반적으로 보아 쓸쓸함이나 슬픔의 정서가 깔려 있다. 2부는 봄이 배경이 된 만큼 조촐한 행복감이나 자연을 벗하며 사는 삶의 여유와 기쁨이 어우러져 있다. 대신 여름이 배경이 된 3부와 가을이 배경이 되어 있는 4부에서는 이렇다 할 공통된 정서를 추출해 볼 수 없는 것 같다.

그리고 시집 전체를 주제별로 분류해 보면 크게 5가지로 나타난다. 자기 관조와 성찰, 민족의 역사적 비극과 그 한, 유년 시절의 그리움, 연분이나 연고가 있는 사람들에 대한 그리움, 계절의 추이에 따른 자연친화 등이다.

첫째, 자기 관조나 성찰이 보인 작품에는〈자화상〉,〈일몰〉,〈영혼과의 만남〉,〈소지개 선영〉등이 있다.

〈자화상〉은 해외 이민생활 중에 느낀 심회를 표백하고 있는데 자기를 '너'로 객관화시켜 자기 성찰을 해 보고 있다. 고국을 등진 사람으로서 남의 나라에서 안착하지 못하고 늘 이방인으로 지내야 하는 이민생활의 역겨움을 토로하고 있다.

이솝의 여우저럼
현명한 체념의 지혜도 못지녔고
깊은 심연深淵 속의 심해어深海魚저림
현실을 직관하다가
눈이 툭 불거지는 인내도 못지닌 너

그러면서도 해리 박 피터 유 크리스틴 김들에게
안녕하십니까 나는 한국 사람이예요
몇마디 가르쳐 주고
자위하는 너는
진정 카멜레온처럼 묘한 생리 속에 눈을 뜨고
돌돌 말린 가슴으로
오늘과 내일의 삶을 살아간다고?
역겹다
노란 냄새가 날 네 체취가 역겹다
　　　　　　　　　　—〈자화상〉(1973, 조선일보) 후반부

　물론 다른 여러 가지 이유도 있었겠지만 결국은 이민생활의
역겨움이 귀국으로 낙착되었다고 본다. 그렇다면 귀국 후의 그
의 심경은 또 어떤가. 30년 간의 공백이 있었기에 처음에는 역
시 고국이지만 쉽게 뿌리를 내릴 수 없다는 이방인 의식을 지
니고 있었다.

해는
앙상한 가로수 가지 끝에 걸려
안간힘 하다가
꼴깍 숨넘어가고

가로등이 분단장하고
거리에 나선다

붐비는 거리엔 사람의 물결
파도쳐 밀려가는 곳도 제각기 다르겠지

멀다는 남쪽 섬 이니스프리*
아홉 두렁 밭갈고 사는 사람아
풀향기 꽃내음
꿀벌 잉잉대는 곳은 어디일까
삼십 년 찾아 헤매다 돌아왔네

행여 낯익은 얼굴
누가 여기 서 있을까만은
되돌아선 거리엔 바람만 달음질쳐 간다

건널목 신호등
저만큼 파란 불로 앞서 걸아가는데

나는 이 거리에서 방향을 잃었구나
　　　　　─〈일몰〉전문

　한국 아닌 다른 나라에서 윌리엄 버틀러 예이츠의 시에 나
오는 이니스프리섬 같은 낙원을 찾아 나섰으나 결국 찾지 못
하고 한국으로 돌아왔지만 역시 신호등에서 방향을 잃고 갈 곳
몰라 한다는 상황 의식은 곧 시인의 내면 풍경을 은유화 해보
고 있는 경우라 하겠다
　이런 그는 경기도 여주군 북내면 소지개로 당숙 어른을 따
라 선영에 들러 당숙으로부터 선영의 풍수지리설을 들으며 윗
대 분들의 내력을 들어도 본다.

좋은 명당인데 와우형 유두부乳頭部에
고조부님 봉분을 모셨느리라
큰 벼슬 인물은 안 나온다지만
삼대 궁중 내의원을 이어 다시
종손 삼대째 양의를 내지 않았느냐
너는 대학 강단 출신 시인이라니
세상에 무엇으로 덕을 끼치려 하는고
당숙 어른 말씀이
그저 와우형 선영 후손은
중생에 덕을 쌓고 살아야 한다네
나는 세상에 어느 넉을 끼칠 수 있을까
우유처럼 좋은 시나 줄줄 썼으면 좋겠네
우유 마시듯 성서에 목바른 이들 가슴에
푸근히 적셔주는 시나 줄줄 썼으면 좋겠네
　　　　　─〈소지개 선영〉후반부

당숙의 질문을 받고 끝 부분에 나타나 있는 바와 같이 좋은 시인으로 살고자 하는 자기 정체성의 발견과 확인에 이르고 있다. 이는 곧 자기 성찰이나 자기 관조에서 얻은 결론이다.

둘째, 민족의 역사적 비극과 그 한을 읊고 있는 작품에는 〈고니(白鳥)〉〈매미〉〈아룽치 마을〉〈겨울여행〉 등이 있다. 〈고니〉를 제외한 세 작품은 해외 여행길에서 지난 시절 일제 치하에서 당해야 했던 민족의 역사적 비극을 반추해 보며 그 한을 노래하고 있다. 이 네 편중에서 가장 좋은 작품이 〈고니〉이다. 어쩌면 이 시집 중에서 가장 깔끔하고 압축적인 내용을 담고 있는 빼어난 작품이 아닐까 싶다.

남한강 양회나루 바위소沼에 가자/ 순이야 달래 냉이 꽃다지/ 눈감고 움츠려 숨죽이던 날// 바람결 따라 날아온/ 고니 하얀 백조 보러 가자// 가서 묻거라/ 날아온 길 세월 몇 만리이더냐고/ 우수리 강 저편 툰드라/ 조선 백성 후손이 서럽게 사는/ 이국 땅 묵정밭 갈며 보내온/ 소식 묻거라// 세월 겹겹이/ 결따라 나이테를 더하고/ 좋은 세월 다시 좋은 세월로 바뀌어 간다는데/ 징용 갔다 죽은 아비/ 수소문하여 무명 흰옷 입고 떠난 어미// 순이야 소식 묻거라/ 오늘도 남한강 양회나루/ 찬 바람 여울목에 날아와 우는// 흰옷 입은 어미 혼魂/ 소식 묻거라
—〈고니〉 전문

많은 이야기가 서정적으로 함축되고 압축되어 있는 수작이다. 일제시 북만주로 이민 간 조선백성 후손들의 고생스런 서러운 삶은 물론 징용간 남편의 생사를 알기 위해 무명 흰옷 입고 떠난 아내의 이야기가 민족의 역사적 비극 이미져리로 와 닿으며 끝 부분 "오늘도 남한강 양회나루/ 찬 바람 여울목에 날아와 우는// 흰옷 입은 어미 혼魂/ 소식 묻거라"에 이르면 침통한 역사의 한으로 승화되어 우리의 심금을 깊게 울려주고 있다.

특히 '무명 흰옷 입고 떠난 어미'가 죽어 그 혼이 흰 고니로 환생하여 고향 땅으로 다시 찾아와 슬피 운다는 고도한 흰색 이미지의 결합은 이 시에서 백미白眉에 속한다. 그리고 〈매

140

미〉란 시에서는 카자흐스탄 알마타에 있는 고려인의 거리를 걸으면서 매미 소리를 듣고 문득 옛날 연해주 조선족 19만이 강제로 이주해 오던 지난 역사를 상기해 보며 '맴맴 매앰'하고 우는 그 소리를 고난받던 조선족의 한맺힌 울음소리라고 환청해 보고 있다.〈아룽치 마을〉은 중국 조선족이 살고 있는 아룽치 마을을 둘러보고 독립군 후손의 비참한 오늘의 삶을 통해 민족사의 비극을 환기시켜 준다. 동시에 "세 살배기 아들 떼어두고 한국에/ 돈 벌러 갔다는 젊은 새댁/ 빛 바랜 편지 봉투만큼이나 소식 감감한데/ 엎친 데 덮친 격이라/ 남의 돈 빚 내어 찾아 나서려던 꿈/ 서울 사기꾼한테 다 내주어/ 빈 주먹 되었다"며 같은 한민족의 이름으로 그런 점을 긍휼히 생각하며 한탄해 마지 않는다.

셋째, 유소년 시절의 그리움을 노래하고 있는 작품에는 〈단정학 날아오는 날〉,〈증편〉,〈강여울 전설〉,〈구름 길〉,〈도깨비 꿈〉 등이 있다. 이 중에서 상대적으로 시적 짜임이 단단하고 또 시적 감흥을 한껏 불러 일으켜 주는 작품은 〈단정학 날아오는 날〉과 〈증편〉이다.

> 자네 단정학 춤추는 모습 본 일이 있나
> 두 나래 훌쩍 벌려 암수 마주보고
> 성큼 사뿐 뛰어 오를 때 흑단치마 도포자락
> 꾸르룩 꾸꾸루룩 노래 장단 맞추어
> 긴 목 마주보고 오르내리 춤을 춘다네
>
> ……(중략)……
>
> 지금도 그 옛날 그리우면
> 고향 다방 금간 유리창 문 밀어 열고
> 그들이 떼지어 나래 퍼덕이며 날아오르는
> 꿈을 꾸고 있지
>
> ……(중략)……
>
> 빈 들판 세월 단정학 춤추던 곳 바라보며

점점이 날아 학두루미 흘러 오는 날 기다리네
        —〈단정학 날아오는 날〉2, 5, 7연(끝연)

  지나간 유소년 시절에 보아 왔던 고향 들판의 풍경이나 풍
정을 다시 한번 그려보며 지금은 그런 것이 사라졌음을 못내
아쉬워하고 있다.

  늦장마가 물러간 저녁나절
  백화점 지하 식품점에서
  증편 한 조각 사들고 벤치에
  나 앉았다
  백화점 앞 느티나무는
  선대의 전설을 까맣게 잊은 채
  도시로 이사와 시원한
  그늘을 드리우고 있지만
  동구 밖 매미 잡던 하동河童
  증편 한 조각 펴 들고
  지난날 여름 속으로 달려간다
        —〈증편〉 전반부

  이 전반부는 이 시에서 구성적 도입부다. 손안에 쥐고 있는
증편 한 조각과 눈앞에 보이는 느티나무가 매개가 되어 곧 유
년시절의 회상 장면으로 바뀐다. 말하자면 시각 자극에 의한 기
억의 연금술이요 프레쉬백 수법이다. 그리하여 어머니가 떡을
해주시던 기억과 저녁 무렵이면 밖으로 놀러 나간 자기를 찾
기 위해 이름을 부르던 일을 떠올려 보며 행복했던 옛 시절을
잠시 그리워해 보고 있다.
  그리고 〈강여울 전설〉은 지난 시절 고향에서 들었던 모든
소리들의 모음이요 나열인데 역시 옛 시절에 대한 그리움의 정
서가 기본으로 깔려 있다.〈도깨비 꿈〉은 유년시절에 뛰놀던
이야기와 도깨비 이야기를 듣다 잠이 들어 도깨비 꿈을 꾸다
놀라 오줌 싼 이야기가 나오며,〈구름길〉에서는 유년시절로

142

돌아가 어머니와 누님의 기억을 더듬으며 그 시절을 그리워해 보고 있다.

넷째, 연분이나 연고가 있는 사람들에 대한 그리움은〈목련〉,〈친구야〉,〈프리지어〉,〈안개비〉,〈은사시나무의 노래〉등에서 나온다. 돌아가신 어머니에 대한 정, 친구의 정, 한때 지난 시절에 알고 지낸 여인들에 대한 정을 그리워하고 있다.

이 중에서 짧으면서도 가장 인상 깊은 작품은〈목련〉과 〈프리지어〉이다.

봄에도 저렇게/ 슬픈 꽃이 피나 보다// 저승 가신/ 내 어머니의/ 옥양목 적삼이/ 혼魂이// 이제사 나비 되어/ 날아와 앉았나// 세월이/ 아득히 흘러도/ 백자白瓷 투명한 살결// 가슴 언저리에/ 눈부신 슬픔이/ 시리도록 응어리져// 꽃망울로/ 하얗게// 피어났네

—〈목련〉 전문

스산한 겨울 끝자락이/ 힘없이 무너져 내리고// 도심 봄 안개 텅 빈 가슴/ 낯선 설레임으로 밀려드는 오후// 가로수 거리 내려다보이는/ 찻집에서/ 프리지어 한 묶음 전해 주었지// 아쉽고 아련한 날들의 기억/ 아직도 지우지 못하는데// 그대 빈 자리/ 그 찻집에서// 봄은 다시 한 묶음 연한/ 프리지어 향기로/ 가슴에 젖어 오네

—〈프리지어〉 전문

보다시피 〈목련〉이란 시에서는 목련 자체를 노래한 것이 아니라 오히려 목련을 환생한 어머니로 의인화하여 어머니에 대한 그리운 정을 노래하고 있으며,〈프리지어〉에서는 시적 화자가 지난날에 한 여인과 마주했던 그 찻집에 들러 보니 옛 생각이 문득 나 다시 그 시절로 돌아간 듯한 환각에 빠져든다는 내용인데 한 여인에 대한 애틋한 그리움을 노래하고 있다.

다섯째, 계절의 추이에 따른 자연친화를 노래한 시는 이 시집에서 다른 주제와는 달리 상대적으로 많은 분량을 차지한다.

자연의 신비를 찬탄하고 경외감을 표현해 보고 있는 주요 작품에는 〈코스모스 씨앗〉, 〈작은 풀씨 하나〉, 〈겨울 숲에서〉 등이 있다. 계절의 추이를 상대적으로 노래하고 있는 작품에는 〈단풍〉〈칠장사 자락에서〉〈버들강아지〉 등이 있다. 자연과의 합일에서 느끼는 조촐한 행복감이나 초탈의식을 노래한 작품에는 〈오월의 녹음 잔치〉, 〈안개 숲〉, 〈꽃 소식〉, 〈안개〉 등이 있다. 철마다 새롭게 피어나는 꽃에 관한 찬미나 찬탄의 시도 꽤 많이 보이고 있다.

〈작은 풀씨 하나〉란 시는 "어디에서인가/ 작은 풀씨 하나 날아와/ 내려앉는다/ 온 우주를 담아온 생명/ 풀씨 하나/ 뜰 앞에 심어두고/ 봄날/ 새로운 우주의 탄생을/ 기다리련다"로 끝맺고 있으며, 〈코스모스 씨앗〉이란 시는 "내일을 소망하는/ 생명의 신비만은// 여기/ 온누리/ 우주를 잉태하고// 봄을 기다리는/ 대지의 혼을 담아// 의연히/ 숨결 고른/ 꿈을 꾸고 있구나"라고 끝맺고 있다. 두 작품 모두 자연의 신비를 찬탄하고 경외감을 표현해 보고 있다.

산자락 밑에 웅크린 집들이
가을 햇볕에 빨갛게 물드는 것은
바람에 붉은 연시와
널린 고추의 어우러지는 빛 때문이 아니다

멧열매 따 먹어 배 부른
짐승들의 순한 눈빛이 노을에
물들고 있기 때문이다
　　　　　　　　─〈칠장사 자락에서〉 4, 5연

계절의 추이를 서정적으로 노래하고 있는데 특히 집들이 가을 햇볕에 빨갛게 물드는 것을 짐승들의 순한 눈빛이 노을에 물들고 있기 때문이라는 발상이나 이미지 처리는 매우 비범하고 초경험적인 상상력의 발현이다.

온갖 도시의 소요는
잊은 지 오래라 해도 좋겠지

나는 그냥 당신만 여기 있어 주고
바라만 보아도 풍요로운 오월의 녹음 잔치

나는 이 시간 마냥 행복해
이 귀한 오월의 날들을
이 세상 아무것과도 바꿀 수가 없겠네
            ―〈오월의 녹음 잔치〉중에서

여기, 남한강 상류의 고향땅
갈색 숲이 안개에 젖어 있고
촉촉한 아침의 촉각이 깨어 일어나
기분 좋은 기지개를 켜는 곳
몇권의 신간 시집을 뒤적이고
몇편의 시詩를 쓸 수 있다는 기쁨이
지극한 행복으로 다가서는 곳
               ―〈안개 숲〉에서

너도 없고
나도 없는
유현幽玄의 세계

무한 무념
안개의 강이 흐른다

끝없이 흘러
의식意識의 저편으로
몰려 가면

어디쯤 가서
너를 만날 수 있을까

무한 무념
유현의 세계
두둥실 나도야 흘러 간다

뜬 구름
한 세상 두둥실
나도야
흘러 간다
―〈안개〉전문

앞의 두 인용은 자연과의 합일에서 느끼는 일상의 조촐한 행
복감을 읊고 있으며, 뒤의 것은 물아일체物我一體 같은 선禪적인
초탈의식을 읊고 있다.

이렇듯 시인은 자연의 신비를, 자연에 대한 경외감을, 자연
과의 합일에서 느끼는 일상의 조촐한 행복감이나 초탈의식을
읊고 있다.

그런 만큼 역시 자연환경이나 자연의 아름다움을 훼손시키
는 환경공해 문제를 한번쯤은 생각해 보지 않을 수 없었으리
라 본다. 그런 맥락에서 〈황금잎 엽서를 띄워 보내자〉〈어느
기러기의 꿈〉과 같은 작품이 나왔다 하겠다.

옛날 그리워 찾아온 기러기 한 마리
난파 유조선 기름띠에 뒤엉켜 퍼덕이다가
한쪽 날개 부러져 사람 손에 잡혔다

불인不忍계곡에 떨어진 질긴 생명
천년 울음 삼켜
하늘 한 번 올려다보고
부러진 날개에 머리를 묻는다
―〈어느 기러기의 꿈〉1, 2연

공해에 의해 생명의 위협을 당하고 있는 기러기의 처지를 못

내 가슴 아파하고 있다.

Ⅲ. 나가면서

앞에서도 언급했듯이 김홍준 시인은 30년 간의 해외생활 끝에 잠정적일지 아니면 영구 귀국이 될지는 잘 모르겠으나 아무튼 고국으로 돌아온 지 불과 몇 년이다. 〈자화상〉이란 시에도 나타나 있는 바와 같이 남의 나라에서 늘 이방인 의식을 느끼고 살았듯이 처음 귀국해서도 역시 〈일몰〉이란 시에서처럼 '방향'을 잃은 유랑객이란 의식을 체험한다.

그러다가 그가 평생 찾아 헤맨 행복의 낙원이란 곳이 다른 아닌 고향 땅 이란 걸 확인한다. 고향에 안착하여 고향의 자연과 벗하며 정신적 안정과 위안을 찾고 또 자기 정체성을 확인한다. 자연 속에서 조촐한 행복감을 느끼며 조용히 시인으로 살기를 작정도 해 보고 또 좋은 시인으로 살고자 희망한다.

그리고 나이도 들고 보니 자연 유소년시절에 대한 그리움이 되살아나 그것을 노래해 보기도 하고 또 자기 곁을 떠나간 정든 사람들을 추상해 보며 그리움에 젖어 보기도 한다.

비록 늦깎이로 국내 시단에 데뷔하여 첫 시집을 내지만 그에겐 저력이 있다. 국내외에서 얻은 다양한 인생경험이 있을 뿐 아니라 몇 가지 시적 장치도 남다른 요소를 보이고도 있다. 절대평가이건 상대평가이건 절창에 가까운 상당수의 시들을 생산할 수 있다는 것도 그 저력의 소산이다. 성경말씀에 '나중 된 자가 먼저 된다'는 말이 있듯 앞으로 우리 시단에 우뚝 설 수 있는 시인이다.

그 날을 기약해 보며 다시 한번 첫 시집 《우리의 다정한 긴 입맞춤이 끝날 때까지》의 출간을 진심으로 축하한다.

김홍준 시집
우리의 다정한 긴 입맞춤이 끝날 때까지

지은이/김홍준
펴낸이/김정희
펴낸곳/**지구문학**

서울특별시 종로구 견지동 110-13
지원빌딩 506호
전화/(02)730-9679 팩스/725-7082

등록/제1-A2301호(1998. 3. 19)

초판발행일/2001년 12월 27일

ⓒ 2001년 김홍준 Printed in KOREA

값 7,000원

※잘못된 책은 바꿔 드립니다.

ISBN 89-89240-07-7 03810